뒷발의 힘

유심문학회 사화집 2012

뒷발의 힘

인북스

사화집을 펴내며

있는 듯 없는 것
없는 듯 있는 것

존재하는 모든 것이
새롭게 보이는 날,
시가 내게로
오는 날입니다.

압니다.

시는 한 번도
없어 본 적이 없음을

언제나 그렇게······.

2012년 세모에
유심문학회 회원 일동

詩

時調

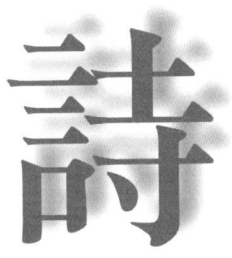

詩

김대봉 김태암 김택희 김향미
박미산 배재형 성승철 엄계옥
오승근 이무열 이석란 이학종
임연태 임원식 정정례 하유숙
허진아 홍종화

김대봉

빗살무늬 로드

일방통행을 빠져나오자
질감을 내는 또 다른 방식

흩어지면서 살고 뭉치면서 죽어간다

그림자빛 따라 쌓이는 울음들
울음을 닦아내면
점점 선명해져만 가고

우리는 거리를 지나가는 사이에 변화한다
피부는 검게
입술은 붉게

너는 타오르고 나는 꺼져가고 있었네

하루 전의 계획들이었으면
우산을 펼치듯
함께 구를 수 있었을 텐데
좀 더 쉽게 알아갈 수가 있었을 텐데

우리는 흩어지면서 죽고 뭉치면서 살아간다

빌딩을 지나가는 사이에 진화한다

달리는 사람도
걸어가는 바람도
업혀 있는 새도

울음을 닦아내면, 한 줄 빗금

나무부부

한철 금식을 하고 꽃 지기 전

큰 강을 맞대고
걸어가는
두 줄기 나무를 보았습니다

하나는 뼈
또 하나는 꽃잎

숨가쁘게 저려오는 고요 속에서

미안합니다
미안합니다

절간 같은 저 곡진한 부름에
뒤돌아보니

강물 한가운데에
꽃잎을
묻고 있었습니다
한끼 금식을 하고 해 지기 전

백 년을 걸어왔어도
뱃속을 도는
한 줄기 부부를 보았습니다

그믐

하현을 통째로 묻고 있었다

강물과 함께
지내온 삶

쓸어내린 심장
한가운데에 파묻고 있었다

말없이 뒤척였던
젖은 순간들

싱싱한 둥지 하나 지어 보이겠다며
흐르지 않은 강물에
묻고 있었다

김대봉 | 2010년 《유심》, 〈영주일보〉 신춘문예로 등단.

김태암

박정희 시대 1

Material, Machine, Method가 없는,
없는 것으로 가득하던 황량한 봄날
문래동 고철가게에서부터다

500마력 모터의 軸鋼이 없던 그날, 그래서
폭격 맞은 기차의 차축을 빼내와 축으로 깎고
열 수축 팽창계수가 적어야 할 다이캐스팅 머신의 몰
리브덴 鋼은
대포의 포신을 잘라서
절단기 날의 刀는 탱크의 캐터필러를 갈아서

우리는 주저앉지 않았다. 한강에 뛰어들지도 않았다
배가 고파서 돌아볼 겨를 없었다
눈물 흘릴 틈이 없었다. 앞만 보고 직선으로 달렸다

남루하던 하루들, 일요일이 없던
달력에 휴일이 없던
아침 8시 벨소리에 마라톤 주자처럼 기계와 돌고
한 달 내내 밤 10시, 연장 도장이 출근카드에 찍히고
어느 틈에 이만큼 왔는지, 압구정동에 서면

삐까삔쩍한 언니들의 하의 실종에서
십구공탄 난로에 손 녹이며 미싱 돌리던
유니폼 홑바지에 갇혀 떨던 언니, 늘 창백하던
배경으로 처리되고 실종된.

박정희 시대 8
– 남영동 분실 –거기 누구 없었소

전기 고문봉에 사지를 파들파들거리다 꺼진 그, 천당
에 갔겠지
　목욕탕에 머리를 처박던 고문기술자, 천당에 갔을까
　만나서 용서하고 화해하고 어깨동무 할까
　비둘기 돌리기, 관절꺾기, 칠성판 태우기, 전기로 지지기,
　돌려주고 있을까, 돌려받고 있을까
　그 고통, 갚음이 있어야 하지 않겠소, 그래야
　지구가 기울어지지 않고 평평할 거니까

　높은 법대, 법복으로 무장하고 사형선고 내린 유신 판
사들이 어디로 갔을까
　무죄 판결 난, 그린마일 걸어간 사람들이 되돌아와야
할 텐데
　유신이었으니까 한마디로 얼버무리기에는 기득한 칼
날이 너무 서슬하고
　역사의 등줄기에, 피고름이 흐르는데
　휘두르며 누려온 사람들, 사라지지 않고, 또 누리려
용쓰는,
　있으나 마나 한 벼락, 찌질한 역사의 바퀴
　그때, 거기 누구 없었소, 개 패듯 맞아 정신을 꺾였을
때, 말이요.

동경에서 사케를 마시며

항공모함에 탑재되는 날개 접는 전투기
어린 시절 나비처럼 날개를 접을 거라 생각했지
어떻게 날개를 펼까를 생각하며 잠든 적이 있었지
세계 최초로 그걸 만들었다는 100년쯤 된 스미토모
오사카 공장
보잉747 랜딩기어, 팬텀기주축 윤활오일냉각기, 삼지
창 같은 프로펠러,
액체 질소기화기 만드는 공정을, 폐수처리장까지
머리에 넣고 마음에 새기고 동경의 신주쿠 가부키좌
에서
동경대 기계공학을 했다는 그와, 느끼한 안주를 핫소
스에 버무려
서툰 일본어에 영어를 보충어로 술잔을 주고받았지.

도요토미히데요시를 칭송하자. 잔나비라고
세종대왕과 이순신 장군을 존경한다 하고
이토히로부미가 근대 일본의 아버지라 하자
백번 태어나도 안중근의사로 태어나겠다고 했지.

이차돈을 끄집어내어, 손사래 치던 저항이, 꿇려 앞잡

이 된

　순교자와 붉은 십자가에 점령당한 서울의 밤하늘을
말할 때

　더 먼저 받아들인 오사카에서 동경까지 520km의 신
간선에서

　십자가를 하나도 발견하지 못하고 수포로 돌아갔다고
인정하던.

　개와 고양이, 직경 60cm, 길이 6m의 남근과 여성이
신인

　그래 쓰나미가 덮쳤다는 여의도의 어떤 거룩한 말씀,
나는

　서울의 수많은 십자가를 부끄러워했지

　흔들리는 뿌리, 거기가 먼 나라인데, 지워져가는 우리
를 보며.

김태암 | 2010년 《유심》으로 등단.

김택희

그네

저 혼자 흔들리는가
초승달 선명하던 밤에는
샛바람이 몸 기울였고
비라도 내리는 저녁이면
라일락 흰 꽃들이 먼저 자지러졌다
둥지 안 깃털 같은 소란에
두통만 앓던 그네는
틀 안에서 가만 목을 늘인다

그대 어깨만 바라보다 낮아진 밤
순한 눈길로 올려다본
잘록했던 달은 어느새 허리 튼실해져 있다
계절 깊을수록 기다림도 무던해져
몇 개의 사다리를 오른다
숨 고르는 언덕
주기적으로 찾아오는 지상의 몸살
이제는 지고 간다

그네
바람 안은 떨림이다

처서

돌아온다는 말
얼마나 기다렸는데

기별 없이 와선
수척해진 배롱나무
홍자색 꽃그늘로 서 있다

더운 한 철 꼬박 새워
안아보는 당신의 등

폭설 여행

겨울 숲 나무들은
흰 연미복으로 갈아입었다
눈발하객들 줄을 잇는
내일의 꿈이 모인 눈꽃 연회장
경건하게 들리는 설해목 소리에 귀 기울이며
대지를 덮은 설원에서
그들과 함께 나란히 선다

여기는 그늘 없는 순백의 양지
자작나무 흰 몸피에 희망의 말 새기며
가만가만 영혼 불어넣는다
나그네바람 지날 때마다 후두두
쏟아지는 눈덩이에 낡은 미련은 묻히고
광활한 툰드라에 바람으로 선다

김택희 ㅣ 2009년 《유심》으로 등단.

김향미

웃음론 2

그게 탈이다

겁이 많아 슬픈 내가
무서운 척할 수 없어 더 슬픈 내가
슬픈 척하지 못해 웃기만 하는
내가 우스워서 또 웃는

나는 탈이다

일방통행로

시간은 당신의 시계 속에 있어요

소문을 들었습니다 당신의 뿔이 부러지고 붉은 혀가
검게 물드는 일은 참으로 유감입니다 그 혀가 다시 붉어
질 때까지 당신의 자리를 지하실 복도 끝 방에 새로 마
련했습니다

무료입장권인 셈이다
당신은 이곳에서 견딜 수 없을 만큼
견딜 수밖에 없었으므로,
사직할 때이다

지하 복도 갈라진 벽,
페인트 마른 조각들이 미련처럼 떨어져 쌓였다
누군가 당신의 이름을 부르며 뛰어나오지만
당신은 돌아보지 않는다

바늘이 멈춘 손목시계가 기억 속으로 들어왔어요

언젠가 무슨 일이 좀 일어났으면 좋겠다고 당신은 투

덜댔다 늘 걷던 길이 오늘 새로웠다 길이 이어졌다는 믿음은 시야를 벗어나지 않았다

　한 모롱이 돌아선 셈이다
　멀어진다는 것이 집중한다는 것이다
　길이 한 점으로 모아진다
　여기를 떠나 저기로 향하는 것이
　당신으로의 집중이므로,

　뒷모습은 눈물 나게 아름다운 것인가
　길의 출구는 이 길에 들어서지 않은 자에겐 나타나지 않는 법,
　당신은 곧 있을 면접에 입을 옷 한 벌 장만한다

　꾸러미 속 시계는 언제 어디로 사라졌을까요

사냥

  사람들은 그것을 쫓아 오랜 동안 숲속을 헤매고 풍랑을 뚫고 떠돌았다 황금날개를 가진 큰 발 몬스터―뽑아도 새 날개가 솟는다는―, 그의 날갯짓에 바람이 방향을 바꾸곤 했다 공중으로 날아오를 때 떨어진 깃털이 가시 숲에 내려앉아 뿌리를 내렸다 동물성 뿌리가 토양을 기름지게 했다

  내가 닿는 곳엔 언제나 그의 큰 발자국만 씁쓸히 발견됐다 가끔 그의 황금 깃털 몇 개 발견되었다는 신문기사가 났고 그 현장에선 발 빠른 사람들; 북적대는 사냥꾼들 또한 뒷북의 손사래만 날리기 일쑤다 그것이 날개를 펼치며 날아올라 눈앞에서 사라질 때, 사냥꾼의 발아래 꺾어진 대궁 끝에서 여물지 않은 해바라기 꽃머리가 시들곤 했다

  기름진 토양의 숲에서 기름이 넘쳐흘렀으므로 길 위에서 미끄러지는 이들이 늘어났다 깃털을 주워들고 그 꽁무니를 잡았다 생각하는 순간, 왕성한 바이러스에 감염된 어느 사냥꾼에게는 황금빛 날개가 돋았고, 번져나가는 바이러스에 의해 숲과 들판, 거리에는 몬스터들이 들끓었다

넘어져 부러진 다리에 붕대를 동이고 일어선 이들이 다시 사냥에 나선다 걸음이 느린 사람들은 점점 넓게 펼쳐지는 황금빛 날개의 깊은 그늘 속에서 헛발질에 지쳐갔다 그의 발톱과 독기에 피를 토하며 큰 발바닥 아래에 쓰러지기도 했다 사냥꾼이 되었던 모든 사람들이 逆사냥을 당한다 혹자는 이곳을 낙원이라 일컫기도 한다

김향미 | 2009년 《유심》으로 등단.

박미산

다시 그릴 수 없는 그림

혈관의 문을 열고 들어가
내가 나의 몸에 그림을 그린다
목을 꺾고
속살 각을 재어본다
뜸을 뜰 수 없는 부위
비우기로 했는데
나도 모르게 나를 채운
사타구니에서 솟아오르는 습지, 붉다

검은 그림자 내려앉은 침침한 집
목을 치켜들고
거울을 본다
눈꺼풀 속살에 새겨진 불룩한 구릉
뜸도, 그림도, 그릴 수 없는 부위
보지 않으려고 했는데
나도 모르게 나를 보는
한층 두꺼워진 시간

눈을 비비고 붓을 다시 잡는다
습지와 구릉을 들어내고

풀잎 술렁이는 습지와
연둣빛의 버드나무를 그린다
초록의 피로가 곳곳에 깔린,
버드나무의 축 처진 살갗이
원본을 지운다
도저히 겹쳐지지 않는 그림

지금 여기

거짓말같이 말짱한 아이 곁에
나는 빈집처럼 앉아 있었다

끊임없이 닳는 소리가 LP판에서 흐르고
갓 낳은 고양이 새끼들의 울음소리가 지하실에서 올라오고
그 여름 펌프에서 쏟아지던 물소리가 빈집을 깨웠다

인형을 업은 아이는
라면상자를 머리에 뒤집어쓰고
절벽에서 떨어졌다

뒤따르던 아이들의 웃음소리는 비명으로 바뀌고
먼 옛날 발로 찼던 시간이
바로 내 앞에 떨어졌다

아이는 원고의 독촉을 받으며
초침의 속눈썹을 달고 산다

그 여름 인형을 불러와
초록 빨강 주황 노랑을 만들어내고

옷을 갈아입히던
아이는 맑았다가 개었다 한다

엉키고 설크러진 가시 속에서
꽃을 찾았다가 잃었다가 한다

손가락으로 꽃을 피우는 순간
오늘을 춤추게 하는 단어

단어에 옷을 입히는 아이
단어에 꽃을 입히는 엄마

골드들

밤이 아침을 낳는다
부은 손등과 발등,
얼굴이 커진 내가 튀어나온다

골드 미스와 골드 미스터 때문이야

삼겹살은 익어 가는데
정작 이야기는 설컹설컹 설익는다

뜨거운 불판에 자폭하던 그들
부끄러움 없는 얼굴이 빨개진다

삼겹살을 굽던 손이 엉뚱하게 카톡질을 한다
그 손가락을 자르고 싶다

비주얼은 되는데
뭐가 안 된다는 거야

소주는 소주대로
말은 말대로
담배연기는 담배연기대로

아침까지 차곡차곡 쌓인다

어젯밤을 게워놓는다
딩동딩동 골드들의 문자

절대 팔지 않겠다는
서로의 영토를 지키겠다는

박미산ㅣ2007년 《유심》, 2008년 〈세계일보〉 신춘문예로 등단. 시집 《루낭의 지도》. 2008년 문예진흥기금 수혜. 현재 고려대, 방송대 출강.

배재형

연애의 풍경

가슴 한 묶음의 어둠 속에서
새싹이 자라고 있다
다운증후군의 소녀가 혀를 내밀어 싹을 맛보면
하얀 거미줄이 빛처럼 엉켜 흔들거린다
바람에게 말 걸어 전한 소식 도착하기도 전에
마음은 전속력으로 달려가
구름 같은 애인을 포옹하고 있다
장대비 속에서 기다린 연애,
물기가 마르기도 전에
헤어지는 시간은 수증기에 실려
추억 방울방울 투병 중 자서전을 쓴다
사랑은 오래된 전설의 일종이라고 전해진다
메마른 우기의 침대 위에서
세상에 없는 체위에 행복하다
전설은 아직 깨어나지 않는다

눈물 닦기

한 줌가웃 증발해버린 그늘 뒤
때때로 길어 올린 그림자
볕 나온 구름 사이 눈동자 커진다
뭉툭한 콧등에 모이는 흰 희망 자국
염전에 부는 따신 바람 흔들어
꽉 깨문 이만큼 돌 한 무더기 꿈만큼
한 번 더 파도 속에서 일렁거리고
넘어져 깨진 무릎 위로 한 줌가웃
쏟아지는 꽃소금
울음자국이 핀다

의자가 되기 위하여

바닥을 향해 끊임없이
소리를 내야 한다
간이역에 잠시 와서
머무는 기적소리
정착하려던 마음
빈 여백을 깊이 눌러
무게를 떠받치는 힘을
가져야 한다
역사 한쪽의 작은 마음
떠나는 그림자를 붙들고서
바닥을 떠받치고 있다

배재형 | 2007년 《유심》(시), 《월간문학》(아동문학)으로 등단. 시집으로 《소통의 계보》가 있음. 현 한국야쿠르트 홍보팀 대외 PR 과장.

성승철

우리의 매화공화국은

裸梅花!
시끄러운 바둑판의 비장한 한 수처럼
酷寒의 심장을 찌르던 절묘한 그 한 수처럼
이 不明의 시절에 어김없이 너는 왔지만
간밤 꿈처럼 그날의 사랑처럼 잠깐이야
그래, 세상은 네 수천만 무력으로도 넘을 수 없는 城
이야
청백한 순수로 겨울의 손발만 묶으면 된다는 건 잘못
이었어
고고한 향기로 세상을 바꿀 수 있다는 건 착각이었어
나 봐, 세상도 접고 남의 허물 뒤치다꺼리나 하며
네 꽃잎 반쪽만이라도 닮은 梅花共和國 기다리며 사
는데
또, A女가 사는 게 힘들다고 집에다 불을 질렀어
B男은 사랑하는 여인을 돈에 팔았고
관료 C는 앞뒤 없는 충성에 몸을 팔았어
정치인 D는 나라 위한다는 맹세를 강물에 팔아먹었어
일생 향기를 팔지 않는 네 앞에서 賣春이라니
그들은 지금 목성과 금성으로 도주 중이야
곧 외계에도 賣春共和國이 들어설 거야

살기 위해선 닥치는 대로 팔아야 해
사랑도 지조도 나라도
국밥집 메뉴처럼

裸梅花!
옷 벗고 헛심 쓰고 있어
포주들의 道德과 法, 搜査도 토성으로 날아버렸어
네 어린 꽃잎으로 저 나뒹구는 매춘들 붙잡아 보았자
소용없어

설원 속 홍매화인 양 세상 홀리는 포주의 포주들에게
그 모진 길 걸어온 향기 뿌릴 필요 없어
섬진강변에 오징어나 씹으며 네 알몸 구경이나 하자
고 오는
눈먼 눈길들에게 눈길 줄 필요 없어
멀었어 아직 멀었어
함께 꽃이 되고 노래가 될
우리의 매화공화국은

우린 한배를 탔다

바람의 섬으로 문학기행을 가는 페리호 선상에서
식지 않은 가슴 하나 시퍼런 바다를 가리키면서 하
는 말
—이제 우린 한배를 탔다
색깔도 깊이도 끝도 알 수 없는 망망대해 같은 말
—이제 우린 한배를 탔다
시퍼런 바다 위에서
시퍼런 칼날 같은 바다를 들이대면서
함께하는 이 배에 모든 걸 걸겠다는 것인지
영원히 함께하고 싶다는 것인지
별을 품고 야반도주하는 뜨거운 입술들이나
혁명 전야의 굳게 잡은 손들이나
아니면 뭔가 안 좋은 일을 꾸미는 검은 속셈들이
서로를 옭아맬 때나 할 법한
—이제 우린 한배를 탔다

처음 출발지로 돌아갈 수도 없고
지나온 생의 뱃길처럼 다시 물릴 수도 없는
그렇다고 저 시퍼런 운명의 심해로 뛰어내릴 수도
없는
거센 풍랑이 아무리 흔들어도 목적지를 잃지 않는

당신의 굳센 의지 같은
이 운명의 배를 타고 가고 있다

거대한 산도 바다도 말도 모두 바람이 되는
바람의 섬을 향해
지금까지 타고 온 정든 배, 섭섭한 배 뒤로 하고
당신과 같이 가고 있다
―이제 우린 한배를 탔다

슬픈 로자*처럼

그가 未明에 불 속으로 사라졌다
풍경이 소릴 질렀지만 소용없었다고
시커멓게 탄 삼존불상이 증언하였다
값싼 입들은 연일 그의 삶을 입에 올렸고
모든 책임은 현장에 있지도 않은 CCTV가 뒤집어썼다
임포항에 몸 던지는 갈매기들이 줄을 이었다
그는 원효의 족보 없는 자식이었다
아비 성 버리고 이름을 바꾼 건
절간의 절 버리고 사람 속의 사람이 되고 싶어서였다
빗나간 어둠 부서진 절망 쓰러진 실패들 모아 놓고
희망의 문신을 새기길 좋아했던,
동백꽃등 앞세우고 남해의 뻘바닥을 기면서
비릿한 세상 위해 희망의 소금을 긁어모았던 그가

未明에 불 속으로 사라졌다

배후 캔다는 수사는 죽음 같은 의혹만 만들어냈고
  거친 파도 같은 음모들이 오랫동안 현장을 맴돌았지
만
  멀크락 한 올 주지 않았던 그가
  사건 전날 밤 금오산 거북이들 데리고

죄많은 세상을 위해 기도했다는 건 아무도 몰랐다
여전히 아침마다 금오산 정상에
푸른 거북이와 갈매기들 분주한 걸 보면
그는 잠시 사라졌을 뿐
차가운 베를린 강물 속에서
아직도 정열을 불태우는 슬픈 로자처럼
未明의 세상을 위해 자신을 태우고 있을 뿐

* 로자 룩셈부르크: 독일의 여성노동혁명가로 《옥중편지》가 유명
하다. 나치의 친위대에 학살당한 후 베를린 강물에 버려졌다. 그녀
의 묘소엔 그녀를 기리는 독일 노동자들의 발길이 이어지고 있다.

성승철 | 2009년 《유심》으로 등단. 현재 순천문인협회 부회장.

엄계옥

소나무 경전

머리에 성성한 솔잎 이고
고고하게 늙는 저 노송
한발 물러서면 보인다
그가 우듬지 큰 동산이란 것을
한 오백 년 풍상
어깨마디 화인으로 남아
낮은 울이 된 청도 운문사 처진 소나무
한발 물러서서 사물을 대하란다
가까이 다가서면 고해를 참다 못해
뒤틀어진 풍상만 만져질 뿐
위로 솟구치려는 직립의 의지
아래로 한없이 늦추다
기골장대하게 키운 아랫도리
간음하다, 한발 물러서서 바라보면
맥없이 축 늘어지고 캄캄해진
제 주변의 그늘이란 그늘
죄다 끌어안고 장좌불와(長坐不臥) 중인 뫼
노송과 나 사이 길은 굽이쳐
만물의 적당한 거리 사이에서
침묵이 도타울 때

삶은 서로를 빼닮는 것
길은 언제나 굽은 마디들이 덧대어 태어난다
소나무가 적막강산이 되는 모습을
어스름이 붓질로 묽게 그을리고 있다

감, 꼭지

배꼽을 떼어내자 단내가 확 풍긴다
곰삭은 것에는 농익은 향이 있는 법
거꾸로 뒤집혀 등뼈 녹은 생들이
맨몸으로 좌판 위에 펼쳐진다
줄지어 좌판에 놓인 홍시들
하나하나의 배꼽 더듬으면
고욤씨 같은 꼭지에 맴도는 젖비린내
바람이 앞섶 헤집으면
딱딱해져 오는 배꼽이 만져진다
온몸 내장까지 녹은 다음에야
비로소 묵은 빈혈 속으로 선홍빛 혈이 돌고
오래된 상처가 쏟아내는 물컹한 단내
그는 배꼽에다 향기를 가둔다

상강 무렵

계절이 비탈을 껴안으면
흉곽 문 스르르 열리고
몸 속 첩첩 달린 문들이
하나씩 열리는
소리의 통로를 따라
집을 나선다
차가운 바닥에 닿은 후라야
비로소 둘로 포개진,
몸 안으로 잠입한 불씨
만물의 입술을 돌아
늑골로 파고들어
팔부능선 넘나들며
걷잡을 수 없이 번져간다
정수리에서 발그레한 뺨을 지나
심방에서 심실로
활. 활. 활
벼랑 끝을 향해 치닫다
마침내,
스스로 곡기를 끊고
나락을 향해

빙그르르 모가지를 꺾는 점입가경

엄계옥 | 경북 울진 출생. 2011년 《유심》으로 등단. 울산문인협회 회원, 울산수필협회 회원.

오승근

365일 코너에서

하얀 국화꽃 한 송이 바치고 돌아오는 길에
잔여 세월을 조회하고 싶어 찾아간 365일 코너
속내를 훤히 들여다보고 있는 듯
또박또박 안내하는 기계음이 낯설지 않다
거울에 비친 두상은 시든 한 송이 국화꽃
파릇파릇한 꽃잎도 아닌데 비밀번호를 입력하란다
너도밤나무처럼 명의도용에, 위장전입에,
땅 투기에, 돈세탁 한 번 못 해보고 살아온 날들

받침마저 부식된 오래된 비밀번호를 입력하자
뒤틀린 오장육부가 낱낱이 전송되는지 소음이 뻐근
하다
잠시 머뭇거리더니 화면의 화소가 뒤엉킨다
서비스란, 서비스는 모두 받아내고
이체 한도를 넘나들며 생을 돌려 막던 날은 갔단다

한참 뒤에야, 삶 그 무게가 신용불량 되어
조회가 불가능하다는 메시지가
흡사 말없이 배웅하던 그녀의 목소리 같다
"농자천하지대본"의 깃발을 이랑마다 펄럭이고 싶어

값비싼 영농자금을 집 담보한 적 있었다
집도, 푸른 초원의 그림자도 낱낱이 사라진 날

한때는 계좌이체된 이별 뒤에
비밀스럽게 대출 받고 싶은 사랑 하나 있었다
진정한 사랑은 무보증인 줄만 알았다
담보가 사랑의 조건이 아니었더라면
백지수표 같은 사랑에 내 삶의 일체를 서명하려 했
었다
이제라도 사랑이 인출된다면 삼백예순날 하루같이
그대 사랑만을 인출하며 살아가고 싶다
코너를 빠져 나오자 부식되었던 비밀번호가
제자리를 찾고 신용불량이 원상복귀 되었는지
잔여 세월이 환전되어 우르르 쏟아져 나왔다
세탁하기 좋은 신세대사랑이라는 메시지와 함께
그것은 오만 원권 지폐 넘기는 소리가 분명했다

······그리고 봄*

1.

다섯 이랑의 텃밭은 앞마당 오선지
몇 가지 풋풋한 추억을 파종하여 산 그림자를 덮는다
봄비의 촉촉한 연주가 천상음악제를 편곡하자
높은 음표와 낮은 음표로 건반을 두드리는 씨앗들
음색을 지휘하며 다가오는
청아한 바람에 봄은 단원들의 장단을 조율한다
하늘 칠판에 써놓은 비음의 악보
구름은 부분부분 지워내며 비의 악사를 초청하고
녹음방초의 무대 위에 화음은 한몸이 된다

2.

구름을 지워낸 하늘빛이 조명으로 밝혀지고
방목된 정녕들, 그늘을 수놓으며 푸르러 갈 때
기립한 활엽수의 갈채가 정갈하게 무대를 넓혀간다
연가 몇 곡이 골바람에 의해 합주되는 동안
새들은 부리로 음표들을 쪼아 음색을 일으켜 세우고
한 옥타브 높게 하모니카를 독주하는 키 큰 옥수수.
그녀는 아직도 고향의 봄을 기억하고 있을까

3.

악보에 따라 객석으로 튀어 오른 높고 낮은 음표들

득음을 감상하다 깜박 잠이 들었던가?
춤사위를 따라 너울너울 꿈을 갈무리하는 동안
옥수수가 쏟아낸
관람객이 객석을 가득 메운 채 환호하고 있다
스산한 바람이 낙엽의 길을 넓혀간다
어느새 조락하는 잎의 자유가
흩어진 풀잎사랑을 연주하고 있는 천상음악제.
가을의 기도를 끝 곡으로 더 이상의 편곡은 없었다

4.
마른 풀잎을 연주하며 열창했던 무대
한 음절 두 음절 바람의 집으로 사라지고
불협화음을 홀가분히 내려놓은 악기들로 스산하다
다섯 이랑에 뿌리내렸던 음표들 동면에 들어간 시간
음악회를 지휘했던 지휘봉을 무대 위에 꽂아 놓은 채
무반주로 '메기의 추억'을 목청껏 부르기 시작한다
무대는 풋풋했던 가랑잎의 음표들을 기억하고
봄이 오면 오선지에 정령들의 씨앗을 새롭게 편곡할
것이다

* 김기덕 감독의 영화 제목.

아프리카를 걷다

마사이족 신발을 신고 서오릉을 걷고 있네
왕릉은 햇살의 따뜻한 영접을 받으며
군데군데 마사이 마을처럼 자리 잡고 있네
어명을 따라 걷던 족적이 선명하여
능의 제단을 훌쩍 뛰어넘고 말았네
뒤축에 실려 있던 중심이 착지지점을 벗어났고
어명의 각도를 좁히려 간격을 차오르는 사이
어느새 마사이 마라 보호구역을 지나고 있네

봉분의 높고 낮은 어명을 짚어 가던
지팡이가 날카로운 창으로 무장되네
빨간 머플러가 펄럭이도록 '아두무'라는 춤을 추며
상하급 전사가 되어가고 있는 그를 보네
붉은 천을 펄럭이며 추는 '아두무'는
용맹의 상징이며 하늘과 가까워지려는 염원이네
일부다처제를 향한 유혹이며 몸짓
지상에서 가장 높이 뛰어오를수록
엠보세리 공원이 투창의 유효사거리에 들고
급기야, 급소가 찔린 공원은 점점 사나워지고 있네

추적자들이 먹이사슬로 쓰러져 갈 때

공원을 빠져나와 다시 뒤축에 중심을 실어보지만
이미 부족장의 걸음을 전수받은 그의 몸짓
화려한 장신구와 용맹스런 문신으로 어명을 섬기고
있네
마사이 신발을 신고 걷는 내내 경계심이 불타오르고
부스럭대는 인기척에도 창끝이 소리의 중심을 겨냥하
고 있네

마사이 신발을 벗고 나서야 겨우,
지축을 흔들며 용맹전진하던 춤을 멈출 수 있네
비로소 상하급 연장자의 자리로 돌아와
산책에 나섰던 서오릉의 풍경을 뒤돌아보네
우편함에는 새로운 어명이 도착해 있고
빨간 우편함이 '아두무'를 추며
추장으로 추대하기 위해 그를 기다리고 있네
킬리만자로가 급소를 찔린 공원을 사육하고 있네

오승근 | 1997년《호국문예》소설 부문 가작, 2009년《유심》(시)으로 등단.
시집으로《세한도》가 있음.

이무열

임방울 소리

길 따라 늘어서서 푸는 목, 찍는 목, 떼는 목, 감는 목, 미는 목이 한창이다.

낙지가 왔어요. 물 좋고 싱싱한 낙지 열 마리 한 보따리가 5천 원 시장 가격의 절반 확인하세요. 횡단보도 옆 트럭 스피커는 죽었다 죽겠따아 죽구재비가 되어 온종일 밭은기침을 해댔다. 예쁜 아가씨만 보면 징징거리며 달뜬 표정이 되는 딸기 전 총각은 아까부터 핏대가 섰다. 밭에서 방금 따온 딸기가 일 킬로에 삼천 원. 던지듯 퍼질러놓은 메리야스를 실은 봉고차에는 자살판매 50~70% 에라이 점포정리다아아! 써 붙였다.

돌나물 한 소쿠리에 이천 원, 달래 한 무더기 천 원, 비닐 랩에 싼 양송이 한 묶음 이천 원, 호떡 네 개 구백 원, 즉석튀김 도넛이 열 개 팔백 원.

자, 싸다 싸 이판사판이다.

노릇노릇 절정을 향해 숨 가쁜 황금붕어빵도 다섯 개 천 원. 먼지 털고 때 빼고 불 광내는 구두닦이 김 씨의 재바른 손놀림도 이천 원. 척척 일 분에 한 그릇씩 말아내는 지레댁 잔치국수도 천 원.

　어허, 쑥대머리 귀신형용 적막옥방 저잣거리 허기진
숨결로 아니리와 발림에 서름조 수리성 섞은 저 임방울
소리를 보아라.

　허튼춤,
　목숨의 매 순간
　제 나름의 더늠에 기대어 백년하청을 기다리는
　이다지 도저한 난장(亂場)이구나.

쥐덫 생각

국민학교 쥐잡기운동에 쥐꼬리 끊어가면 점수 많이
줬져
추억에 쥐덫 고향 냄새가 물컹남니다

코베이 경매 사이트에 올라온 '쥐덫'.
어릴 때 통나무나 철제로 만든 것 더러 본 적 있는데
사전 찾아보니 쥐틀, 쥐덫이라 하고
살서(殺鼠), 고두(栩斗)라고도 나온다.

곱슬머리 옥니박이 최가네 철수아버지
철수 몸 약하다고 동네방네 곡마단 트럼펫마냥 떠벌
리고는 했다.
단칸방 쥐똥이나 지린 쥐오줌 같던, 오글오글 눈만 땡
그랗던 가족들
약에 쓴다고 엉엉, 악머구리 같은 어린것 밤눈 밝아져
야 한다고 글썽,
연탄불 석쇠 위에 기름기 좔좔 흐르던 쥐갈비
철수에게 즐겨 먹이곤 했는데

글 쓴다는 주제에 나는
이날 이때껏 고두나 살서라는 단어의 뜻도 모르고

세 살인가 네 살짜리 철수 밤눈 정말 안 좋았을까
왜 이제야 불쑥 그런 뚱딴지같은 생각 드는지.

봄날을 푸념하다

돌아서며 무심코 터져 나오던 속엣말
오늘은 하나 팔아줄까 싶었더니…….

허우대 멀쩡한 얼굴 보고
지레 외면했건만
곱사등이 뭉툭한 가방
새 다리 뒤틀린 발목에 낚이고 말았다.

땅바닥에 덜퍼덕 주저앉아
무심하게 뻐끔뻐끔 피워 올리는 아지랑이
꾀죄죄하고 오종종한 땀방울이
허드레 양말과 칫솔이나 볼펜 같은 것에 번들거린다.

윈도 너머
죄지은 듯한 등짝을 지켜보다가
'봄날을 팔고 다니는 겁니까?'
알은척하고 말았는데

양말 네 족 한 세트 만 원에 팔면
원가 사천 원 제하고
장애인협회에 또 천 원 떼는데

하루 온종일 다섯 세트밖에 못 팔았단다.

물색없이 지폐 한 장 건넸다가
'나 다시 힘 좀 내 볼랍니다.'
버캐 낀 목소리 듣고 보니

꽝꽝 채송화, 납작 민들레, 편평 냉이, 쓴 맛 씀바귀 사이를
땅강아지 한 마리 기어가는 앉은뱅이 꽃 봄날에
정말 누가 곰배팔이인지 몰라

푸념처럼 얼굴이 홧홧 달아오르는 것이었다.

이무열 Ⅰ 대구 출생. 1997년 〈매일신문〉 신춘문예(동화) 당선, 2010년 《유심》(시)으로 등단.

이석란

청산도

1.

푸른 보리밭 한 층
노란 유채밭 한 층
또 갈아엎은 묵정밭 한 층

폈다 조였다
남도가락 진양조로

2.

밤새 시퍼런 울음을 연주한
집어등 불빛이 퇴장한 후

느슨하게 또는 팽팽하게
파도가 조율한 바다

고깃배들이 퉁겨보는 물의 현

3.

골목길도
바다에 묶여 있는 작은 어촌

녹슨 바람이
피리 소리를 낸다

까만 염소 서너 마리
끌고 가다 오히려 끌려가는
저 노을빛 구름 판소리 한 마당

청산도는 국립국악원이다

줄다리기

어부가
수평선을 끌어당긴다

파도는
방파제를 끌어당긴다

이편 저편으로
어지럽게 흔들리는
고깃배들

갈매기들은 아무래도
파도 편이다

어부들 팔뚝에
뜨거운 입김을
하얗게 토해내는 바다

시퍼런 힘줄
파도처럼 일어난다

어부가

수평선을 끌어당긴다

죽을힘을 다해 오늘도
줄을 당긴다

산책길에서

누가 쓰다 구겨 던진
수십 장의 이력서가
목련꽃으로 피었다
그 목련나무 아래
폐기 처분된 낡은 사무용 캐비닛 하나

업무도 실적도 잊은 지 오래
상사에게 길들여진 닳고닳은
손잡이 녹슬어가고
종일 울던 전화벨 소리에
비밀번호조차 진작 잊어버린 다이얼
왼쪽 오른쪽 마구 헛돌고 있다
쫓겨나올 때 난동을 부리다가
한방 얻어맞았는지
찌그러진 뒤통수
바람이 스치자 벌겋다

입사철도 지나고 꽃샘추위에
좌우 문짝이 심하게 삐거덕거린다

이석란 | 청주 출생. 2010년 《유심》으로 등단. 한국시인협회 회원, 현재 경기도 다문화교육센타 다문화전문강사.

이학종

겨울나무

나무도 사람과 다르지 않아서

밤 길어지면 긴 잠에 들고 싶은 것이다

단잠 깨울 바람소리를 줄이기 위해

삭풍에 제 이파리들 맡기는 것이다

겨울나무의 단잠 함부로 깨우지 마라

바람 일거들랑 살짝 뒤꿈치 들지언정

그 밤

은사시나무 한 그루
어둠 속
제 몸 드러내는 밤

별빛 파르르 떤다

귀 언다
후각이 긴장한다
목이 칼칼하다

더 단단해지는 마음

임 오실까 설친 밤
오장까지 굳는
얼음 같은 그 밤,

나는 돌이 되었다

삶

밑에서 보면 오르막

위에서 보면 내리막

이학종 | 경기도 양평 출생. 2010년 《유심》으로 등단.

임연태

임진강 5

'반야심경'은
어서 어서 강 건너 저 언덕으로
건너라고 가르치는데,

건널 강도 없고
건너갈 나도 없어서
없는 강 없는 물을
없는 내가 건너가되
건넌다는 생각조차도
없어야 한다는데,

비룡교,
남루한 시멘트 다리는
이쪽과 저쪽을 잇고 있다.

경전(經典)이야 뭐라 하든,

건너갈 내가 있고
건너올 너도 있어
이쪽에서 저쪽까지 곧은 침묵 위로

중앙차선도 선명하지 않은가?

경전(經典)이야 뭐라 하든,

오늘도
아래로 물 흐르고
위로는 구름이 흐르는
비룡교.

임진강 6

바위에서 미끄러지며 탁!
부딪친 팔꿈치의 푸른 멍
금이 가거나 바스러진 것도 아닌데
여러 날을 두고 욱신거린다.

팔꿈치처럼 꺽이어 휘어진 강줄기
멀리서 볼 때 그 휘어짐에서는
비장한 각오 같은 기운이 느껴지곤 했다.

천기를 훔쳐보듯
휘어짐의 안쪽을 들여다보니
바닥 깊은 소(沼)를 이루고 있다.

멍든 팔꿈치 어루만지듯
느리게 휘도는 짙푸른 물 안에서
쉬이~ 쉬이~ 소리가 들린다.

강줄기가 휘어지는 동안
승천(昇天)의 꿈이 절정에 닿은
이무기가 꿈틀대는 소리인가?

몸통을 깎아내는 아픔을
안으로 감아 들이는 강심(江心)에서
멍울이 풀어지는 소리인가?

임진강 7

간암 환자가 폐암 환자를 불렀다.
"어이, 폐암환자!"
폐암 환자가 대답했다.
"왜 불러? 간암 환자!"
둘은 한참 동안 그렇게 불렀다.
서로 부르는 호칭이 서로의 병을
더 질기게 한다는 것을 몰랐다.
같은 병실에서 다른 병명을 인정하면
불편할 것도 없다는 것에 동의하면서.
어느 날 간암 환자가 일방적으로 호칭을 바꾸었다.
"어이 폐암!"
그리고 서로 "간암" "폐암"으로 부르며 지냈다.
그렇게 한참이 지나는 동안
간암은 간암으로 더욱 굳어지고
폐암은 폐암으로 더 단단해졌다.
각자가 달고 있는 맑은 링거병과 투명한 약줄
같은 것 같지만 다른 약효를 담은
완전한 투명성 속에서.
이번에는 폐암 환자가 호칭을 바꾸는 도발을 했다.
"어이, 환자!"
그리고 서로를 "환자"라 부르며 지냈다.

그로부터 한참이 지나는 동안
환자는 환자끼리
통하는 게 있음을 알게 됐지만 이미
조금씩 흐려져 가는
서로의 명줄을 보게 됐다.

둘 사이에 흐르는 강물이
한 순간도 거꾸로 흐른 적 없듯
이름이 무엇이든 환자는 환자일 뿐이듯.

임연태 | 2004년 《유심》으로 등단. 시집 《청동물고기》 기행집 《부도밭 기행》 《히말라야 행선트레킹》 르뽀집 《철조망에 걸린 희망》등 다수.

임원식

매화는 왜 왼쪽으로만 기우는가

내 방에 걸린 매화나무
취당 선생의 가지들도
근원 선생의 가지들도
시경 선생의 홍매화도
금봉 선생의 매화들도 왼쪽으로만 가지를 뻗어
꽃을 피우고 있다.

다른 나무들은
왼쪽 오른쪽으로 가지를 펴는데
왜 명인의 그림 속 매화는
왼쪽으로만 뻗어 있는지
그 뜻이 아득하다

기도하는 나무

두 팔을 들어 하늘을 향하여
끝없이 기도하고 있는 나무들
나는 그 속으로 들어갑니다
그들은 자신들의 일상을
하나님께 말씀 드리고 있습니다

바람이 일렁이는 숨결
태양의 내리쬐는 빛살
바다로 달리고 있는 계곡 물소리
먹이를 좇아 달리고 있는 산짐승의 발소리
해와 달과 별과 짝을 찾는 산새들의 노래
나무들은 키를 키우고 잎을 피우며
열매를 맺고 새를 불러 합창을 합니다

기도하는 나무처럼
사람들도 날마다 날마다 기도합니다
소리들은 숲이 되고 산이 되며
강으로 흘러갑니다

햇볕이 뛰노는 모듈*

"할아버지 오늘, 해가 뜨네요"
초등학교 삼년 손자 진우의 아침인사다

태양광 전기를 생산하는 나는
새벽부터 하늘을 본다
눈 오는 날이면 공(空)치는 날이고
해 뜨는 날이면 돈 치는 날인데
지난 두어달 내내 눈 때문에 컴컴케 하더니
모처럼 햇살이 빛나고 있다

운동회가 열리고 있는 태양광 모듈판
햇볕들이 이리 뛰고 저리 뛰고
줄넘기 술래잡기 배드민턴 야구 축구놀이
병아리 참새들이 뛰놀고 있다.
마이너스 플러스의 전령들의 묘기에
풀잎과 들꽃들이 소리치는 몸짓으로
응원을 하고 있다

진우의 웃음이 모듈에서 반짝인다

*모듈: 태양광을 전기에너지로 변환시키는 장치, 태양광 집열판.

임원식 | 1999년 《월간수필문학》(수필), 2002년 《월간문학》(평론), 2001년
《월간문예사조》(소설), 2004년 《문예사조》(시), 2012년 《유심》(시)으
로 등단. 시집 《지리산 구름바다》 등 다수. 현재 온누리 태양광 회장.

정정례

바작, 아버지

아버지 지게 위의 바작은 나비의 날개였다

꼴을 베어 나르는 동안
무우를 뽑아 나르는 동안
고구마를 캐서 나르는 동안
아버지는 나비, 바작은 날개였다

닳고 바스러진 날개가 누더기가 될 때까지
아버지는 채소밭을 날았다
아버지는 호랑나비였다
아버지는 배추나비였다
바작에 실린 깻단 위에 앉은 알록무늬 나비였다

헛간 바닥에 널브러져 있는 바작
아버지는 이제 바작의 꿈속을 나는 나비가 된 것일까

* 바작: 대나무로 엮은 둥글넓적한 소쿠리로 지게 위에 올려놓고
　　물건을 담아 나르는 데 사용한다.

고요 속으로

수석 한 점 덩그렇다
미끈하게 둥글린 시간을 따라가 본다
두꺼비처럼 웅크린 그가 보인다
각을 다듬고 어루는 시간이 보인다
한 겹 한 겹 입혀진 시간의 각질이 보인다
거친 바위를 순하게 다스린 투명한 손이 보인다
태양은 제 밝음으로 퇴색되고
별빛은 어둠으로 더욱 맑다

이따금 갈매기 같은 것이 울었으리라
초침 소리가 침묵을 흔든다

진열대 위의 두꺼비 한 마리
먹잇감을 낚아채려는 순간으로
굳어 있다

그곳에는

지금쯤 벼 이삭 사이로
메뚜기들 뛰어놀 것이다
동구 밖에는 장두감이며
우물가 고롱구 열매가 익을 것이고
그 우물 속에는
네 살배기 내 얼굴이 일렁일 것이다
집 뒤 대숲 술렁거리는 소리,
평상 위에 고추 마르는 소리,
간짓대 위로 잠자리 나는 소리

지금쯤 장독대 옆 박하 향도 짙어지겠다
나는 사금파리 골목에서 꽃신 신고 꼬마 엄마가 되
어
밥 짓고 빨래하고 풀 방아 찧고 있겠다
수수 꽝꽝 여물어 참새들 쫓아
휘―이 휘이 어깨 소매 허옇게 펄럭여
초가지붕 위로 저녁연기가 오르고
엄마는 아궁이에서 솔가지 때고
눈물 줄줄 흘리며 가마솥엔 보리밥이 끓겠다

오늘 같은 날

두레상에 둘러앉은 얼굴들 보름달 속이 환하다

정정례 | 2010년 《유심》으로 등단. 시집으로 《시간이 머무는 곳》이 있음.
한국문인협회, 시문회 회원.

하유숙

낙화(落花)

　꿈을 꾸어요 헛글처럼 젖어드는 꿈 헐벗는 꿈 참담
한 꿈 그렁그렁한 꿈……, 봄이 와도 귀화 못하는 꿈들
로 낙화만큼 어지러워요 오랫동안 침묵하던 것들이 피
다 떨어지고 또 피다 다시 떨어지다 피는 밤이면 납덩이
같이 잠이 드는 꿈, 아 수군덕수군덕 바람이 불어요 나
는 괜한 짓거리를 종삼는 그들을 뒤로하고 진딧물처럼
달라붙은 된 꿈을 파르스름 돋는 봄볕에 묻기로 해요 또
다른 꿈에게는 옷 한 벌 내주기로 해요 누에나방 같은
옷 아니면 치렁치렁 어둠을 휘감는 옷 한 생에 딱 한 번,
핏덩이 같은 그리움 한 잎 한 잎 뚝뚝 떨어뜨리며 당신
에게로 날아드는 옷 덧껴입어도 되는 옷 몇 날 며칠 그
렁그렁한 꿈을 꾸다 보면 살포시 잦아드는 옷, 바람이
부스스 잠자리를 흔들어요 이부자리가 흥건히 젖어요
나는 이부자리를 걷어차기도 하고 돌돌 말기도 하고 밀
쳤다 그러당기기도 해요 나는, 조형물처럼 누웠다가 서
있어요 헛꿈이 날갯짓을 해요 저만큼 달아난 꿈이 다리
를 절뚝거려요 성한 데가 없는 꿈이 오늘 밤 또 별처럼
돋아 헛물을 켜요

　즈런즈런한 옷을, 나도 헛물처럼 껴입어요

기일(忌日)

　꼭두새벽부터 수선을 떤다 걷어붙인 소맷자락이 붉다 유별나게 중뿔스런 날은 단작스럽게 시간만 초침품에 담가 봉한다 그이 생손톱 하나 얽둑이고 붉그러진 것도 기일 젯날 보릿고개 삶을 움키다가 바람벽에 긁히고 찢기고 눈물뼈마저 지조를 제겼다 한다 보릿고개 눈물 삶에 벤 손톱밑은 검붉은데, 외로움을 타는 모든 것들도 보릿고개 한 번쯤 넘나든 것일까 실오리 바람에 상서로 주저앉은 건 아닐까 삶이, 눈물이고 그리움이고 보릿고개였던 어머니도 보릿고개 한평생 넘나드셨다 붉게 밀봉한 햇살을 가슴에 화육하시다가 당신 가슴에 부치고 부치셨다 햇살이 장반경을 지날 즈음 나는 단단히 봉했던 상서(尙書)를 어머니께 부친다

선인장의 노래

　고루한 말은 잊어주세요 사막은 잊은 지 오래, 바다별 공작 쥐꼬리 흰털 갈고리가시 선인장 그들은 나의 좁쌀친구, 공작처럼 화려하지도 쥐꼬리처럼 사박하지도 못한 나는 날마다 야기(夜氣) 두터운 곳곳에 무딘 무늬만 휘뿌립니다 그들은 나를 월하미인이라 부릅니다 밤이면 불꽃같은 연정(戀情)을 하얗게 피어대다 햇살이 돋워지면 부끄럼에 눈꽁지가 빠지게 달아나기 때문입니다 평생 어둠의 창살에 갇혀 푸른 수의 한 번 벗지 못할 수도 있으나 창 귀퉁이 그들의 삶이 여문 밤알처럼 익다 툴룽툴룽 내려앉기라도 하면, 푸르숭숭한 달빛에 그리움 상화처럼 피기라도 하면, 어둠별만큼 반짝이던 삶들이 무수기로 흔들거리다 묻딜이기라도 하면, 몸속 곧곧 푸른 열꽃이 돋아나기도 합니다 좁고 어둑한 창가, 우렷이 어둠별이 내려다 봅니다 웃자란 가시와 오랜 침묵, 기다림의 경계를 되지웁니다 어둠별을 넘나들던　쓰르라미는 더욱 높은 음자리를 찾아 헤매고요

　엊그저께 밤에도 어둠의 눈심지가 되불거져 밤메꽃이 두견이 두우두우 핏대를 돋웠습니다 숱하게 사그라뜨리던 가시가 돋워지고 사그라지고 또 돋워지기 일쑤였습니다 눈물범벅 된 별똥별 하나 떨어집니다 어느 눈빛 싸

움에 떨어졌는지 알 수 없으나 푸르디푸른 눈물이 정겹
습니다 그의 오랜 침묵과 기다림도

　어둠은 내내 그를 휘감고 나는 그의 중심에서 작다랗
게나마 가시를 돋울까 합니다

하유숙 | 2012년 《유심》으로 등단.

허진아

'까마귀가 나는 밀밭'*

사이프러스가 검게 타고 있었지요. 작업실 문을 두드
렸지만 열리지 않았어요. 창문으로 들여다보니 당신이
코발트에 빠진 오렌지를 건져 올리고 있었지요.

당신을 향해 날아오는 까마귀 때문일까요. 길이 출렁
거리고 밀밭이 소란합니다. 검푸른 하늘이 몰려오고 당
신이 밀밭 속으로 사라지고 있었죠.

창문을 세게 두드리자 아주, 아주 느리게 나를 바라봤
지요. 순간, 나는 왜 복도 끝에 서 있는 당신을 생각했을
까요. 총 소리와 함께 까마귀가 흩어지고 밀밭과 하늘이
비명을 질렀지요.

날아가는 까마귀에서 당신을 봤다면 믿을까요. 당신
이 거기 있었지요. 광기가 끝난 걸까요. 추수하지 못할
미완성의 밀밭, 바람이 불지만 까마귀는 캔버스를 벗어
나지 못하네요.

손을 잡아봅니다. 온통 밀밭입니다. 괴로움이란 살아
있는 거라고 말하는 입술에서 엷은 미소를 봤다면 당신

에게 위로가 될까요. 주머니에서 부치지 못한 당신의 편지를 읽어봅니다. "그런데 넌 뭘 바라는 것이냐?"

*빈센트 반 고흐의 그림.

휴먼피쉬

남자가 물고기처럼 누워있다. 잘못된 지느러미일까. 팔 하나가 빠져나와 허공에 흔들린다. 가끔 소파에 귀를 대고 자신의 숨을 확인한다.

시간과 시간의 틈을 본 듯 낯선 풍경에 놀라는 남자, 빛이 두렵다. 놓친 시간만큼 낡아가는 소파, 뒤척이는 몸의 중심에 따라 출렁인다.

소파가 바다였을까. 남자가 30억 년 전의 물빛을 찾아 바다로 가고 있는 중일지. 심해 눈먼 물고기로 무엇을 찾고 싶을까.

석양이 거실을 파고든다. 어둠이 빛을 천천히 베어 문다. 남자의 몸이 가라앉는지 소파가 부풀어 오른다. 캄캄한 거실에 붉은 소파가 둥둥 떠 있다.

현관문을 닫고 계단을 내려가는 남자가 물빛이다. 발자국마다 물이 홍건하다. 어둠 속, 출근하는 남자의 뒤를 은빛 물고기 한 마리 따라간다.

囚

날씨가 좋아 잊기로 한다. 모래시계를 거꾸로 놓고 그 말을 잊기로 한다. 오늘은 새 잎이 나기에 좋은 날, 벽에 그린 마지막 잎을 지우고 가벼워지기로 한다. 날씨가, 날씨가 좋아 잊기로 한다. 말로 씻고 말로 자르고 말로 구운 고등어, 척수를 타고 머리로 오른다. 비릿한 말이 뇌수에 박히고 나는 미로에 숨은 말을 찾는다. 벽과 벽 사이에서 벽이 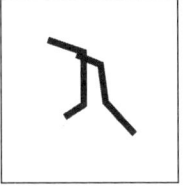 된 말, 더 이상 울지 않는 통곡의 벽에 기대 내가 운다. 그래, 잊기로 하자. 햇살이 투명해서 비우고 싶은 날, 눈을 감는다. 흘러내리는 붉은 물감, 말에 넘어진 나는 캔버스를 벗어날 수 없다. 말의 꼬리가 어지럽다. 편두통의 나는 한쪽으로 기울고 조여 오는 붉은 벽, 어제의 창이 사라진다. 날씨가 좋아, 날씨가 좋아 잊기로 하자. 잊어버린 퍼즐 한 조각이 수상하고 그 말이 수상하고, 나는 아직 퍼즐을 찾지 못하고, 말을 버리지 못한다. 그런데 그녀의 말이 날씨와 상관 있을까. 내일의 날씨는 내일의 일, 날씨가 좋아 오늘은 그 말을 잊기로 할까. 날씨가 좋아

허진아 | 2010년 《유심》으로 등단.

홍종화

발바닥을 빛내다
—홍섭 형께

생후 삼칠일 지난 강아지가 엎드려 자고 있다
눈도 뜨지 못한 강아지는 앞다리를 앞으로 뻗고
뒷다리는 뒤로 뻗쳐 발바닥을 드러내 놓고
어미 곁에서 잔다
낮은포복의 자세,
그것은 자신의 배 밑에 뒷다리를 두는 것보다
훨씬 유연하고 지능적이다
어미개가 긴 혀로 저들의 털을 핥을 때나
자신의 배설을 위해 몸 일으킬 때 뒷발을 디딜 뿐
저들의 잠 속에는 아직 뒷발이 없다
저들의 생은 오래도록 서 있거나 끝까지 서거나 할 것
이므로
발바닥이 보이게 눕는 일은 지금 가장 완벽하다
나에게도 그런 날 있었으리라
앞발만의 힘으로 끙끙대며 젖을 찾아 무는 강아지처
럼
보드라운 발바닥 한 장 가진 적 있었으리라
땅을 디디지 않고도
가장 저돌적으로 산 한때쯤 있었으리라

이제 곧 저들도 뒷발의 힘으로 젖을 찾아 물 것이다
눈을 뜨게 되는 날부터 뒤꿈치에 각질은 쌓이고
몇 수 앞을 내다보아도
발바닥 빛내며 누울 날 다시는 없을지 모른다
다만, 자신이 누워 있는 틈을 다른 새끼들이 비집고
들어올 때
까만 바둑알 같은 볼록한 발바닥 살들을
서서히 착점하며
지상의 비탈을 버텨낼 것이다

떡잎

작은 애호박이 달리는 동안 떡잎은 점점 주저앉고 있
었다

깨끗이 닦아야 할 시신을 남기지 않으며 땅에게 몸을
맡기고 있었다

저처럼 떠나야 한다

노란 꽃이 피고 지는 동안 떡잎은 누레지고 있었음을

무게를 견디지 못한 귀 큰 잎사귀들도 땅바닥으로 몸
을 누이고 있었음을 나는 안다

하여, 저처럼 살아야 한다

떡잎 지는 자리 위에 또 다른 새순이 자라 꽃들을 피
워냈던 것을

잎사귀 가시가 커질수록 꽃 진 자리에 작은 애호박들
이 맺히고 있었음을 나는 안다

황혼에 잠들었다가 다시는 몸 일으키지 않았을 떡잎
처럼

나의 생 한 줄기에서 떡잎은 시들고,

떡잎이 다 시들기 전에 어느 이파리는 시들고 있음을
나는 안다

떡잎이 다 시들기 전에 어느 새순이 피어나고 있음을
나는 안다

수족관에는 사람들이 산다

오늘 수족관 안의 사람들을 따져 생각합니다

그들의 다리는 눈에 보이지만 방심하면 행방을 알 수 없을 정도로 빠릅니다

어쩌면 우렁이의 후손이거나 구름의 행렬인지도 모릅니다

무관심하게 내 화면을 지나다 되감겨 돌아와 빤히 나를 보는

사람들은 결국 한 손가락으로 나를 가리키는 사람들입니다

퇴화한 저들의 팔은 항상 엇박자입니다

내가 저들의 수족관으로 물을 튕겨보내자 저들이 움찔 뒤로 물러납니다

그러면서도 다시 다가와 놀랐다는 듯 웃습니다

저들의 일상은 문을 나와서 문을 두드리며 문 안으로 들어가는 일

문득 내가 그들에게서 눈알을 돌리고 등을 보이자

저들은 다시 수족관 안을 썰물처럼 빠져 나갑니다

손 잡고 가는 이도 더러 있지만

저들의 걸음은 순간순간이 외발이어서 아슬아슬하기도 합니다

홍종화 ┃ 강릉 출생. 2008년《유심》으로 등단. 2011《유심》올해의 좋은 시 수상.

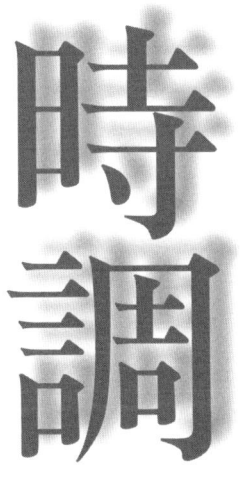

時調

권영희 김경태 김동호 김선화
김영주 김용옥 김용회 김해인
박미자 박방희 윤경희 조　안
황영숙

권영희

달팽이의 별*

둘이어도 저마다 그저 외로운 지구에
둘이어서 아름다운 달팽이부부 세 들어
톡 톡 톡 짓고 허무는 나긋한 손의 대화

앞서거니 뒤서거니 모르는 듯 가는 세상
어둠과 적막이 사무친 남편 등에 업혀서
빛으로 소리로 지어 올리는 아내의 꽃잎밥상

기다림을 잊은 세상 기다림을 쥐어주며
촉촉한 봄날을 화안하게 밀고 간다
험난한 지구 모퉁이 돌아가는 저 점화(點話)!

* 시 · 청력을 잃은 조영찬, 척추장애가 있는 김순호 부부에 대
한 휴먼다큐멘터리 영화 제목.

안개꽃

넘치지 않게 촉촉이 마음 적실 만큼만

슬프지 않게 잔잔히 그리운 그만큼만

새벽을 물들이고 가는 봄비처럼 오는 너

집의 말

연일 비를 맞고 드디어 말문을 연다
낡은 베란다에서 부엌 작은 창문에서
똑,
똑,
똑,
족히 한 되쯤 지난날을 쏟는다

네 아빠도 아니고 네 엄마도 아니고
이 집은 누구 꺼? 손주에게 묻던 아버지
이십 년 봉인을 뚫고 그 목소리 들린다

조이고 사는 일보다 여유도 둘 줄 알라고
어둠 저편에서 내 등을 다독이듯
톡,
톡,
톡,
아버지 전언이 건너오는 밤이다

권영희 | 2007년 《유심》으로 등단. 사화집 《바람으로 가자》 외.

김경태

폐가 1

1.

아버지는 오래전에 중풍으로 돌아가셨다

안방을 독차지한 거대한 송충이 떼, 서로의 갈라진 머리를 뜯어먹기 시작한다

처마 밑 거미줄에 걸려 있는 家寶들, 늘어진 비늘로 덮여 앞마당에 떨어지고

문설주 노랗게 물들어 문고리에 휘청인다

언제부턴가 암탉들은 무정란을 쏟아놓고, 솜먼지 같은 날개로 집안을 나다닌다

밥상 위 곰팡이 피어 푸른 어둠 삭히고

2.

별빛이 떨어지는 감나무 가지 사이

그토록 들어가고픈 착란의 구멍에서

황금빛 바람이 일어 늦가을이 저며온다

폐가 2

문틈과 문틈 사이 빈집을 들여다본다
흐르는 적막으로 침전하는 흙먼지
그 속에 돋아나 있는 토끼풀을 바라본다

뜯겨진 기왓장마다 흔들리는 바람소리
곰삭은 세월만큼 상처를 드러내는
갈라진 지붕을 뚫고 달빛이 흩어진다

벽에 걸린 액자 속 구겨진 얼굴 위로
누런 때가 지도처럼 강물 되어 흐른다
주인도 손놓아 버린 어두운 삶의 岐路

한평생 기다림에 지친 몸을 끌어안고
토끼풀이 힘을 모은다 하얀 꽃을 피운다
폐가는 깊은 곳까지 뜨겁게 뿌리내린다

폐가 3

1.

어머니는 일찌감치 겨울 숲으로 떠나셨다. 사랑채 드나들던 검은 지네 한 마리, 기둥에 몸을 꼬면서 오한을 참고 있다.

2.

오리털 내려앉듯 쌓여 있는 솜먼지, 밥상 위 오래된 쌀밥 푸른 꽃으로 술렁이고, 그토록 참아왔던 시간 문고리를 뒤흔든다.

3.

하늘은 썩은 구멍 둥글게 뚫어놓고, 언제 그랬냐는 듯 동백향기 게워낸다. 굳어진 지붕을 뚫고 떨어지는 저 별무리.

김경태 | 부산 출생. 2002년 《시와반시》 2005년 《유심》으로 등단.

김동호

바다

바다를 의인(擬人)했다
당신이라 썼다

오직 그뿐이라야 될
나를 은유할 말

철썩임
무한 철썩임

그대 앞의 철썩임

산에서

마음에
서리던 것
구름 되어 떠갔다

어느 곳 어떤 비로 뉘 어찌 적셨을까
경전(經典) 속 계율보다도 더 소슬한 이 행간(行間)

낮의 넝마 같은 그림자 벗어 놓고
초승달 심지 올려 미망(迷妄)마저 물리면
누운 산 저린 허리를 밟아 가는 골바람

이정표 살펴 왔어도
엉킨 실타래 같은

고작해야 한 움큼
온 길 다 사려 들고

인연의 재(嶺) 너머쯤 있을
길 없는 길 묻고 있다

별

별에는 안 갈라네 바라기만 할 거네

나, 여기 글썽이며 저 별이 보게 하려네

멀수록 깊게 떨리는 그 한 곡조 탈라네

김동호 | 2008년 《유심》으로 등단. 현재 춘천 소양중학교 교사.

김선화

환승

아차! 잘못 탔어
4호선 충무로역

상계로 가는 건데 사당행에 올랐어

차창 밖
날리는 꽃잎만
쫓아가고 있었어

연둣빛 줄기를 따라
달리던 단발머리
한동안 잊고 있던
앨범 속 앳된 얼굴로

되돌아
가고 싶어도
이젠 너무 멀리 왔어

공존

변두리 허름한 이층 건물 위아래층에

거룩한 主 '사랑교회'
酒맛 좋은 '풀잎사랑'이

서로의 등을 맞대고 삶을 이야기한다

흙바람 속 빗물과 투명한 눈물 사이

첨탑 위 십자가와 진분홍 간판 사이

어둠이 밀려오면 눈뜨는
네온사인 두 사랑

사랑

널 보면
금이 간다
가슴에 실금이 간다

사는 건
서로서로 어깨를 내어주는 것

키 작은
너의 어깨 위로
날아든 젖은 눈빛

김선화 | 서울 출생. 2006년《유심》으로 등단. 2011년 가람시조문학상 신인
상 수상.

김영주

스캔들공화국
─한국의 누이

IT강국 한국에서 우리 누이 울고 있다
사랑에 목숨 걸던 고운 누이 울고 있다
찢겨진 그녀의 속옷이 LCD에 펄럭인다

가난한 딸 청이는 몸을 팔아 울었고
성난 딸 논개는 몸을 던져 울었다
애꿎은 우리 누이만 쉽게쉽게 울렸다

사랑은 정치학도 외교학도 아닌데
열녀 숙처 여군자가 등 떠밀 일 아닌데
누이의 치마꼬리가 비상구는 더욱 아닌데

남자여 사랑했거든 묵묵히 갈 일이다
가슴에 칼 꽂혀도 품에 안고 갈 일이다
핑크빛 사랑의 낙서는 혼자 쓴 게 아니란다

요요

이슬만 먹고 산다는 게 말이 되니 말이 돼?

그러게!
그마저도
보름은 먹고
보름은 굶고

평생을 다이어트해도
그 몸이
그 몸인
달

거미네 집
─그날도 산동네엔 새벽달이 떴습니다

오늘도 거미아빠 집을 짓고 있습니다
발부리에 차인다며
눈에 거슬린다며
홀치고
쥐어뜯긴 집
다시 짓고 있습니다

산동네 더 이상은 올라갈 곳 없는데
밟힌 꿈 더 이상은 내려갈 곳도 없는데
이 넓은 세상 천지에 기댈 곳 하나 없는데

오늘도 거미네는 또 집이 헐립니다
다 지은 아침밥이 흙바닥에 나뒹굴고
내쫓긴 이부자리가 달빛에 또 젖습니다

김영주 | 경기도 수원생. 2009년 《유심》으로 등단. 2012년 경기문화재단
창작지원금 수혜. 시조집 《미안하다, 달》이 있음.

김용옥

전환모드

거기 숨겨진 보물상자
우울한 날 잠실에 간다

'도구모음' 하나씩 '불러내기'로 즐긴다

마라톤
웃고 칭찬하는 클럽 '붙이기'로 마음 연다

호수 두 바퀴 뛰고도 남아 있는 울적함
바로 '잘라내기'에 비운 몸 날아간다

그 하루
'저장하기'로 여러 날이 '복사'된다

마라톤과 시

걷기도 힘든 그녀가 나에게 묻는다

"어떻게 걷지 않고 달릴 수 있어요?"

처음엔 뛰지 않고 걸었지요, 걷다 보니 뛰대요

"시 쓰기도 같겠네!"
시 쓰기도 같을까?

걷듯이 쓰다 보면 달리는 시 나올까?

무참히
납작해져야지 걸어가기 전부터

튜브썰매

은사시 나목처럼 팔 벌린 풍력 발전기

먼 산 바라기 하는 언덕배기 두어 마리 양

오가는 바람 그대로 안아주고 섰네요

눈 질끈 감은 썰매가 빙판 언덕 내달려요

나는 없고 팽그르르 튜브 맘대로 내던져진

오만 일 소용돌이도 기뻐 함께 돕니다

김용옥 | 평북 선천생. 2011년《유심》으로 등단.

김용회

촛불
—탑건의 영전에

새하얀 소복으로
눈물짓는 그대는

문풍지 파고드는
바람에도 들먹인다

가신 님 따르지 못해 불꽃으로 남아서

첫눈

―설악에서

떠도는
홑씨 되어

바람 타고 내게 와서

새벽별
눈짓처럼

반짝이다 스러진 너

가을도 무너져 내린다 흐느이며 쏟는다

실직여행

  −보문사 마애불

수천 년 그 너머 낙가산 바위 아래

수천 년 긴 시간 파도소리 혼자 듣다

굳은살 꽃받침에 감추고 실눈 뜨는 님이여.

노을빛 바다 돌아 눈썹에 젖는 쇠북소리

타이를 듯 웃는 듯 벙싯 다문 그 입술이

괜찮아, 다시 시작해, 등을 한 번 칩니다.

김용회 | 전남 장성 출생. 2008년 유심시조백일장 장원으로 등단.

김해인

폭설, 동암에서

하실 말이 많은 듯 사나흘 눈 내리니
백련사 가는 길이 가뭇없이 사라졌어
혜장은 밤의 한지에
무슨 꿈을 갈겼을까

폭설에 가위눌린 눈 뒤집어쓴 나무들의
신음소리 이따금 잠자리에 파고들어도
위안을 주지 못하는
나약한 마음이여

눈보라가 나의 뺨을 때리든 말든
눈보라가 나를 업신여기든 말든
무조건 방문 열고 나가
등성일 달래야지

기억을 더듬어서 사라진 길을 내리
눈 감고도 끝까지 찾아갈 수 있어야지
누군가, 헛기침 소리
혜장이 아니신가

*동암(東菴): 다산초당에 딸린 건물로 다산이 거주하던 곳이다.

백련사 가는 길

─다산(茶山)

소쩍새 울음에 잠 한숨 못 이뤘는데
혜장은 지난밤을 어떻게 다스렸나
마현의 두물머리가
베개 밑에 찰랑이니

유산에* 소쩍새는 슬퍼도 구성지나
다산에 소쩍새는 슬픔을 덧나게 하니
구강포 강물소리를
이겨내고 마는 것을

일사이적의 내 슬픔을 누구에게 나눠주나
혜장에게 매달리면 처방이 나올라나
남에게 떠넘기기에
너무 격한 슬픔인데

내 자신의 슬픔을 감당하기 어렵다고
혜장에게 내색하여 부담스러우면 뭐가 되나
물러난 동백꽃들과
나누는 게 더 났지

* 유산(酉山): 다산 정약용의 고향 뒷산이다. 다산의 큰아들 학
연의 호이기도 하다.

다산초당 가는 길

―혜장(惠藏)

반쯤 열린 동백꽃에 뒤숭숭한 내 마음이
능엄경 매달려도, 반야심경 매달려도
마음은 매달린 만큼
짐이 불어나는 걸

이제 머지않아 동백꽃이 만개하면
그 많은 사연들을 어떻게 다 감당하나
사연도 가지각색이니
감당하기 쉽지 않아

슬프나 기쁘나 밀려왔다 밀려가는
구강포 앞바다를 가로막는 거나 다름없지
그대로 놔둘 수밖에
그게 바로 생인 것을

슬픔이라면 뉘가 난 다산이나 붙들고서
경학을 안주 삼아 동백꽃 따돌려야지
기쁨도 번뇌인 내가
애락(哀樂)에서 벗어나게

김해인 │ 2008년 《유심》으로 등단. 시조집으로 《내 마음의 적소, 동암》 《별들의 사원》 《큰개불알풀》 《다산》 《만경루에 기대어》 등 다수.

박미자

국밥 한 그릇

허연 김 풀어지는 왁자한 새벽 시장통
뜨끈한 국밥으로 시린 속 데우고 나면
하루를 여는 안전화 유리문을 나선다

발길이 절로 닿는 단골집은 고향이다
찬바람 부는 날엔 못 잊는 김치국밥
후덕한 아줌마 인심 손 덥석 잡고 싶은

비 와서 공치는 날 막걸리잔 기울이면
덤으로 듬성듬성 썰어 넣은 아바이순대
땀 뻘뻘 눈물도 후룩 콧등 시큰거리고

장작불 지핀 아궁이 설설 끓던 구들목
한달음 달려가서 무거운 몸 녹이다 보면
감칠 듯 어머니 손맛 느껴보고 싶은 게지

피사체 · 2

덫을 논 시신경, 32mm 렌즈 속으로
찰나에 내리 덮친 전율의 빛과 소리
찰카닥 120분의 1초 심장박동 멎는다

더듬이 곧추세운 화면이 이동한다
거꾸로 매달린 세상, 겁에 질린 동공들
때 낀 손 밥그릇 달랑 구원은 기약 없고

쓰나미 화산폭발 게릴라성 폭우까지
한 치 앞 예상 못한 이변이 속출한다
내장된 메모리 카드에 고뇌하는 한 세기

간월사지*

병풍을 에둘러친 신불산 열두 자락
둥지 튼 천년 고찰(古刹) 한 편 드라마 찍다가
무너진 왕조의 위엄 석물 함께 나뒹군다

흩어진 퍼즐게임 복원시킨 삼층석탑
시공을 뛰어넘어 옛 신라 보는 듯한
부조된 사천왕상이 시대 흐름 꾸짖고

잃은 목 되찾아서 대웅전에 앉힌 여래
파란 봄 물들이는 범종소리 퍼져 가면
금당 앞 목련 가지도 활짝 가슴 열겠다

*울산 언양 소재 천년 고찰.

박미자 | 경북 영덕 출생. 2007년 《유심》으로 등단. 2009년 〈부산일보〉 신춘문예(시조) 당선.

박방희

딱새

딱새도 딱하지라, 목탁 속에 둥지라니

스님도 마찬가지, 딱새 둥지 쳐보려니

법당 안 부처님만 빙그레

목탁 대신 딱새 소리!

목탁새

깊은 산 고목나무 구멍 하나 뚫어놓고

부리로 목탁 치며
경 읽는 딱따구리

딱, 딱, 딱, 딱따그르르
온산이 다 울리네

알 품고 새끼 키울 둥지 하나 들인다고

하늘이 알고 땅이 알게
목탁을 치시더니

깊은 산 고목나무에
암자 한 채 들어섰네

*목탁새: 주둥이로 나무를 두드리는 소리가 목탁 소리 같은 딱
    따구리의 별칭이다.

해우소

해우소는 똥의 곳간, 똥들이 탑 쌓는 곳

무럭무럭 김 나는 탑 발원이 뜨끈뜨끈

이 몸도
허리춤 내린 채로
조아려 빌고 싶다

해금 타는 똥파리들 손 비비며 탑을 돌고

사부대중 구더기 떼 구름처럼 뭉게뭉게

날마다
부처님 오신 날
법회가 한창이네

박방희 | 1985년부터 무크지 《일꾼의 땅1》《실천문학》 등에 시를 발표하며 등단. 2009년 《유심》으로 시조 등단. 시조집 《너무 큰 의자》 시집 《세상은 잘도 간다》 동시집 《참새의 한자 공부》 등 다수.

윤경희

첫눈

하마 내리느냐고 전혀 달갑지 않은 듯

좌판에 하루 끼니
고스란히 기댄 여자

속마음 아는지 모르는지 천방지축 내린다

한때는, 그래도 작은 설렘 주던 청춘

그런 날 있었을 터,
지상의 오독(汚瀆)을 턴다

하루분 양식 바닥나도 좋을 저녁이여

증도에서

짜디짠 땀방울도 소금으로 피는 곳
채렴 시기* 마친 희디흰 결정체들
바람과 볕에 온몸 뉘어
허영을 버리고 있다

짭조름한 냄새 섬마을에 스며들면
바람을 타고 오는 깊은 소금의 향
염전 앞 염생식물원
또 다른 소금밭이 된다

퉁퉁마디** 소금을 먹고 퉁, 퉁 자라나는
갯벌과 나란히 선 질긴 생명력들이
느림과 기다림의 세월
홀연히 맞아낸다

햇볕과 바람으로만 피는, 상처투성인 꽃
몸 안에 피는 쓰라림 참고 견뎌야만
비로소 하얗게 피워내는
증도의 소금꽃이여

슬픔도 아픔도 때로는 희망이 되는 것

어스름이 갯벌 위 커튼처럼 내려앉아

굴곡진 삶에 간이 배듯

바다 위로 노을이 진다

*채렴 시기: 소금을 담아낸다는 기간
**퉁퉁마디: 쌍떡잎식물 중심자목 명아주과의 한해살이풀로 바닷
　　　　물이 잘 드나들고 땅이 잘 굳는 갯벌지에서 자란다.

꽃

이제 막 세속에서 황급하게 나왔다

두툼해진 두 눈은 빛을 향해 걸어가는 유일한 더듬이
다 차가운 유리건물 어두운 밀실 바닥 헐렁한 배냇저고
리 벗겨지고 또 입혀지고, 정지된 당신의 시간 초침을
밀어내는 허허로운 새벽녘 분홍빛 가운 입은 간병인 불
을 컨다 젖은 침대 젖은 이불 젖은 아기 잠잔다 방향 잃
은 세월은 요양원에 가둬두고 지워질까 염려하는 뜨거
운 옹알이, 자꾸만 쓸려가는 어룽진 기억 꺼내 수십 번
곱씹는다 창문엔 단물이 밴 씹다 만 껌 두어 개, 겹겹이
피고 있는 한 송이 꽃인 듯싶어 기웃이 햇살 든다 앙상
한 가지마다 달려 있는 입춘, 아직도 뜨거운 입김 방안
가득 데우는데

저 문에 봄이 열리면 꽃처럼 다시 필까?

윤경희 | 경주 출생. 2006년《유심》으로 등단. 시집으로《비의 시간》외 동
    인지《겹》이 있음. 한국시조시인협회, 대구시조협회, 오늘의시조시
    인회의, 대구문인협회원. 영언 동인.

조 안

오시목도(烏枾木圖)

한겨울
감나무
박새가 앉은 자리

마른 젖 물리고 있는
아프리카 여인처럼

감꼭지
그것마저도 아낌없이
내줄 듯

봉정암 가는 길

껍질 다 벗겨진 참나무 밑동 뿌리

얼마나 많은 마음에 디딤돌이 되었을까

새순이 올라온 자리마다 내려오신 하늘빛

한강 엘레지

강가에 앉아 오래 먼 산 보는 사람아
스미는 물결처럼 모래톱에 부딪히며
단단한 슬픔의 복판 여울 되어 닿고 싶어

창백한 달빛 강물 깊이 투신하듯
반짝이는 네 눈물 아리도록 밟히고
말없이 걷는 너와 나 뒤따르는 물소리

뒤채면 토닥이고 솟구치면 붙들어
끊임없이 서로를 받아들이는 강물
구름도 달을 껴안고 우리 앞에 흐르네

조 안 | 서울 출생. 2012년 《유심》으로 등단.

황영숙

유리창

주산지 물빛 닮은 수의(囚衣)를 입어서일까

마주 선 거리가 머나먼 강물 같다

긴 세월 바라만 보다

잡지 못한 우리 두 손

널 보낸 그날 이후 내 창은 야위어져

헐거워진 몸뚱어리에 찬바람이 불고

아직도 하지 못한 말

밤새도록 덜컹댄다

소포를 보내며

먼 길 살펴 잘 가라고 싸매고 또 싸매고
그리움 틈새마다 한껏 채워 넣으면
터질 듯 늘어난 부피 만삭의 몸이 된다

저울 바늘은 어느새 영점을 넘어서도
만 리 이역에서 꿈을 심는 딸애는
언제나 가닿고 싶은 내 사랑의 종착역

이 마음 한 올 한 올 혈육의 끈을 엮어
튼실한 어망인 양 난바다로 보낸다
보내고 또 보내 주어도 가슴만 아린 사랑

2월

집 없어
벽도 없는
눈 덮인 구룡마을*

뜬눈으로
토옥 톡!
문 두드리는 소리

으깨진
매화꽃 멍울
선지피가 묻었다

*서울 강남 개포동의 판자촌

황영숙 | 2011년 《유심》《경남문학》으로 등단.

유심문학회 – '유심 출신 문인들의 모임'
http://cafe.daum.net/yousimmo

뒷발의 힘

초판1쇄 인쇄 2012년 12월 20일
초판1쇄 발행 2013년 1월 1일
엮은이 : 유심문학회
펴낸이 : 김향숙
펴낸곳 : 인북스
주소 : 경기 고양시 일산서구 성저로 121, 1102－102
전화 : 031) 924 7402
팩스 : 031) 924 7408
이메일 editorman@hanmail.net

ISBN 978-89-89449-39-3 03810

값 8,000원